田村雅之詩集

『碓氷』栞

砂子屋書房／2016・6

きのこと虹を売る男

小池　光

学生時代、誰でも一度はやってみるように、「詩」みたいなものを書いていた。何篇か、同人雑誌みたいなものに載った。その雑誌はとっくに失われてしまったが、引き出しの奥の奥のようなところからいま出てきたら、ギャッと叫んでろくろっ首になってしまうだろう。

「詩」をどう書いていいかわからないうちに、短歌に出会った。短歌はかたちがあるから安心であった。「詩」はどこで改行すればいいのか、そういう段階ですでに悩ましかったが、短歌は短いうえに、カタチが決まっているから、改行の心配はないのであった。

昭和五十年に、二十八年暮らした東北の町から埼玉に出て来て高校の教員になった。田村雅之と出会ったのは、出てきていくらもしないころで、どういうきっかけで知り合いになったか思い出せないのであるが、妙にウマが合い、自宅に遊びに行ったりもして、あっと言う間に四十年くらいも過ぎてしまった。

砂子屋書房からは何冊か歌集を出してもらい、寺山修司短歌賞なども受賞し、現代短歌文庫のシリーズには、過去の歌集が一冊を除いて全部採録されているので大いに有り難いところである。田村雅之は、疑いもなくわが過ぎ越しの恩人のひとりである。

その田村雅之は、また詩人でもある（いや、こういう表現はおかしい。なにより詩人であって、詩人のかたわら出版社の経営、編集にあたっていると言わねばならぬ）。このたび十二冊目の詩集『碓氷』を出して、「詩」はシロウトのわたしになにか書けという。いまゲラ刷りをみてあれやこれやものおもいにふけっているところである。

旅の詩が多い。フィレンツェ、旧満州、シベリア鉄道、朝鮮……行く先々が詩のモチーフになる。構造がちょっと短歌の羈旅歌に似ている。羈旅詩といっていいだろう。

闇夜のシベリア鉄道に揺られながら
約束のように手を合わす
ただ手を合わす
朝になれば
ハバロフスクの
絵空事のように観覧車の回るのが見える
アムール河畔近くの宿に着く
あの遠い人たちが眠らずに
いや眠れずに
夜を徹してこの線路の上を

揺られていったことも忘れて

「黙契」という題の詩の最後のところを写してみた。港町ウラジオストックからハバロフスクまで、深夜のシベリア鉄道に揺られての感慨である。人は空間を旅しながら、同時に時間を旅する。というのが旅というものの鉄則と言っていいが、それがよく出ているくだりであろう。「あの遠い人たち」はむろんシベリアに抑留された人々である。石原吉郎を通して、ことのほかにも近しくなった人々だ。「揺られていったことも忘れて」の「忘れて」はもちろん反語で、いまごく身近に、切実に思いを深めていっているのである。

「絵空事のように観覧車の回るのが見える」の一行が、あざやかだ。観覧車の登場が、この詩に具体的なリアリティを与えていて、生きている。ハバロフスクの観覧車は、われわれの知る観覧車とどう同じで、どう違うのか。そして「ハバロフスクの観覧車」、この七音五音に「歌人」であるわたしなどは必要以上に感応してしまうのかもわからない。

わたしもむかし、ブレジネフ時代のハバロフスクを訪ねたことがあった。このときはシベリア鉄道でなく、新潟から直接ハバロフスクに飛んだのであったが、遠くに大きな川（きっとアムール川）の照り返しが見えるレストランで、生温いビールを飲んだりしたひとときがふと思い出されてくるのであった。

このように田村雅之の詩は、難解一色の現代詩の中にあって（わたしの目には）抒情的で、わかりやすく、愛唱性に富むフレーズを多々ちりばめているものと言っていい。旅をしながらみずみずと時間を溯り、あの暗く悲しい日本の近代史の闇や、自身の先祖やルーツへの飽くなき探求心がなじみやすいフレーズで展開されて行く。この「展開」というところが、たった三十一音しかない短歌では出来ず、詩というフォルムでし

か出来ないことをつくづく思うのである。

　庭先のしどけない
　破れ芭蕉を見ていると
　昨晩のうわさ話を想いだした
　ラクダコブニの筆名を持つあの詩人は
　いまもかめ覗きの山嶺で
　　きのこや虹を売っているそうだ

「小品二題」と題された中の「うわさ話」という六行の短い詩。西脇順三郎の『旅人かへらず』をふと思い出した。たった六行のなかに展開するイメージの飛躍がたのしい。ラクダコブニの詩人を知らないが、一種の自画像のような気がする。

砂子屋書房社主にして詩人の田村雅之。きょうも「きのこや虹」を売っているのである。

行方不明の少年を求めて

佐々木幹郎

碓氷峠は群馬県と長野県との境にある。国道十八号線で群馬県側から碓氷峠を越えると、山から転げ落ちるように、すぐに長野県側の軽井沢にたどり着く。碓氷は山のなかである。

峠の近くから浅間山を眺めると、山容がまことに気高い。ことに山頂に白雪を抱いた初冬の浅間山は、ソフトクリームのように空にそそり立ち、美味しそうにさえ見える。

この山を日々見ながら、碓氷の地で田村雅之の祖先が代々生き、また少年時代の彼が育ったということを、うかつにもわたしはこの詩集で初めて知った。著者とは二十代の頃からの長いつきあいなのだが、詩書の敏腕な編集者としての彼をわたしは最初に知ってしまったおかげで、自らの来歴を寡黙にして語らない彼の編集者魂としかつきあってこなかったらしい。

詩集『碓氷』は、これまでの著者の人生の総集編といった趣がある。編集者としての一人の人間と、詩を書く一人の人間と。それらがないあわされて見えてくるものがある。

「わたしはどこから来たのか」という問いは近代特有のものだが、果して問うことのできる「わたし」などいるのか、と逆に問い返すことも、近代の果てがなせる技である。

「声七変化」はこの詩集のなかで最も佳作と言えるが、「確かな記憶」と朧げな「記憶」の境を縫いながら、「わたしはどこから来たのか」の「どこ」を探しあてようとする。

新月の夜に水盗りに出掛け
怒号を浴びた
そのことだけは
確かな記憶

と言いながら、それはもはや「エロースの／夢中の床」。「水盗り」というのは、農業用水を盗むことであり、他家の畑に導かれている水を、用水路の堰を開けて自家の畑へ無断で導くことだ。水は農民にとって命であるから、「怒号」を浴びるのは当然。危険を承知の少年時代の冒険であったに違いない。そんな怒号を耳に確かに記憶しているけれども、それがほんとうのことだったかどうか。そんな少年がいたのかどうか。記憶のなかで行方不明となった少年を探そうとすると、怒号に続いてあまやかな音が聞こえてくる。そして、著者が育った上州の地名が浮かび上がる。

あしひきの裾野を持った赤城山の
勢多の泊（とまり）、八崎舟戸の川瀬に
甘酸っぱい色艶で

ひたすら河鹿が鳴いていた

赤城山と利根川周辺の地名が、「河鹿」の鳴き声とともに共鳴している。「八崎舟戸」は利根川の渡しがあったことで有名だ。

桃栖屋という屋号をもったその家の
屋敷神と呼ばれていた
青大将には
ヨハンネス・クリマクスという
綽名を付けて
蛻（もぬ）けたうす衣が
含蔵の沈黙を
量っているかのようだ

この少年は農村で育ったにも関わらず、モダニストぶりを発揮して、家に棲む「青大将」に「ヨハンネス・クリマクス」という変わった綽名を付ける。これは哲学者キルケゴールが初期に仮名として用いた名前で、こんなことを知っている少年はなんとも早熟な子どもだった。その青大将の「蛻けたうす衣」のように、屋敷は沈黙の重さを持っていて、またそれと対応するように、少年の早熟ぶりは「うす衣」のように記憶の彼

方に透けていくのである。

さらにまた碓氷川に寄せる記憶が続き、自転車を漕ぐ少年の耳に鳥の声が聞こえる。

荒草の
強い匂いのする
側道(そばみち)、宮田自転車をひたすらに漕ぐ
もう、夕闇近く
稲妻に間をすこし置き
五位の声が聞こえてきた

「五位」とは「五位鷺」のこと。夕暮れから夜にかけて活躍する鳥だ。ここで「宮田自転車」という名前が登場するのが愛おしい。こういう具体的な自転車メーカーの名称が俄然、少年時代というせつないイメージの回転力を増す。

神様みたいに、とは
言われなかったけれど
よき子だと
前置きの言葉なしに

ただ褒められた
梅の木に登って青梅を捥ぐ
その身の軽は掛り人

「声七変化」はここで終わる。みごとな終り方だ。「よき子だと／前置きの言葉なしに／ただ褒められた」という詩句がよく示しているように、著者は少年時代の自分を単純に「よき子」とは思っていない。「ただ褒められた」のである。「梅の木に登って青梅を捥ぐ」ときの身の軽さ。その「軽さ」が大人たちに褒められた。そこにほんとうの「わたし」がいたのかどうか、それはわからないにしても、そのときの少年は「掛り人」。つまり居候だった。

そして、かつてのときも現在も、この世の「掛り人」＝居候として、人は生きていく。

「声七変化」は、全七連で構成されている。どの連にも異なった「声」が描かれていて、その七つの声によって、「わたし」とは誰か、「わたしはどこから来たのか」を探そうとした作品だ。

「どこ」は見つかったのだろうか。いや、そんな起源などない。人間は変化していくこの世の「掛り人」であある以外にないのである。

碓氷

田村雅之

詩集

砂子屋書房

目次——碓氷

装本・倉本　修

詩集

碓氷

うすい

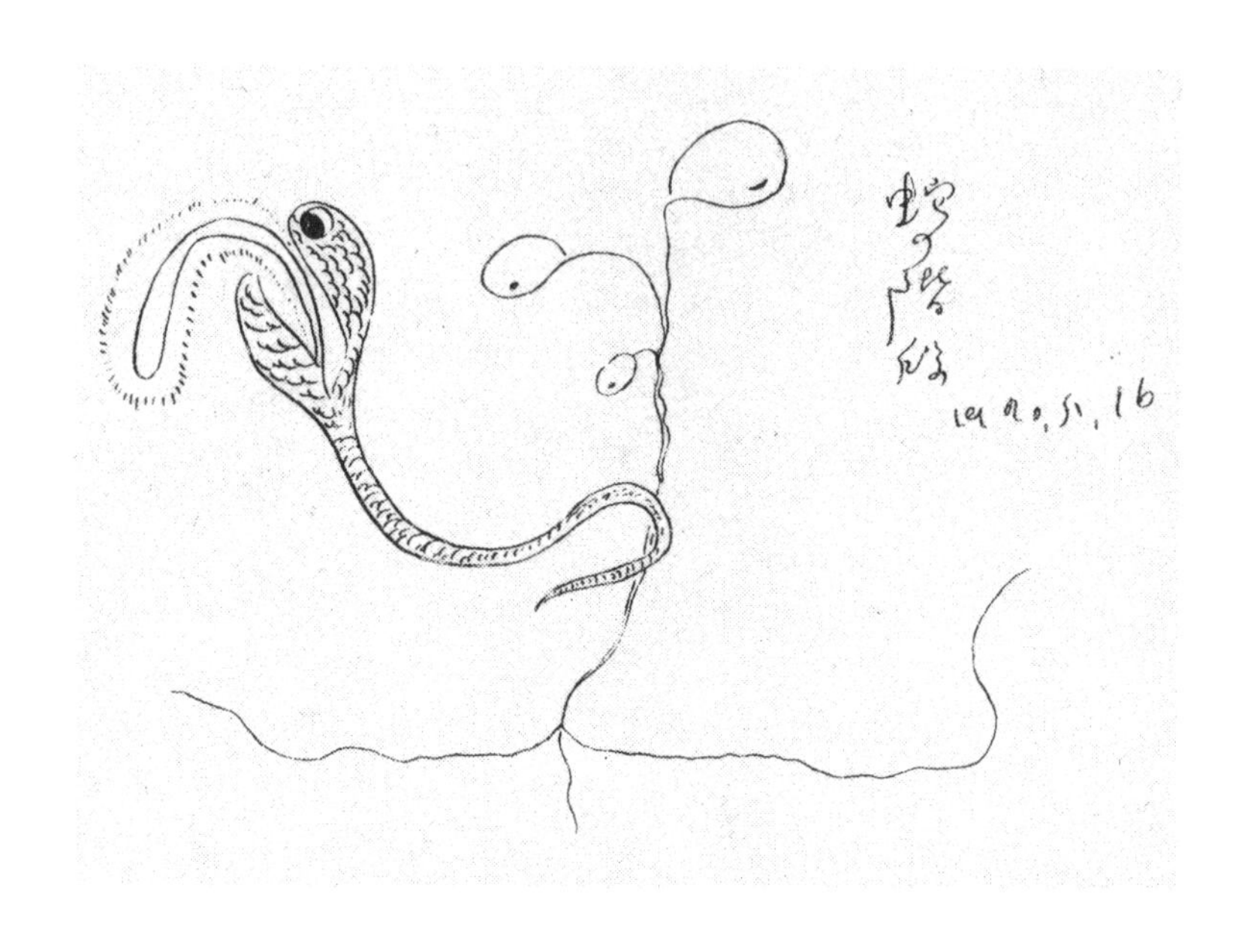

画　大手拓次　詩畫集『蛇の花嫁』より

鼎の石——吉本隆明

あれは今から三十年ほど前
久高島の
古記に檳榔の字をもって
誤記された暖地植物クバの繁る森
クボー御嶽(うたき)の近くで
ほとんど人に知られない御嶽を
ひとり偶然に見つけた

ひとの頭大の漆黒の石が三つ
自然のおもむきで
かまど石のように据え置かれ
神が最初に降臨したといわれる
カベールと呼ばれる海浜から運ばれたのだろう
白砂がその央に敷かれ
確かにそこは聖なる域だと
直観できた

そのひと吉本隆明が亡くなった年
本駒込の家に行き
遺影の前で手を合わせた
そこには小さな石が三つ置かれていて
父祖の郷里、天草から石を持ってきたのだと

やわらかな説明があった
本人の遺志だったかどうか
たずねることはしなかったが
いつかの琉球列島で見た
あの鼎(かなえ)の石と同じだと
直覚したのだ

いいな、こういうすがたは
趣味というか、好みというか
すこし大げさに言ってよければ
松陰先生ではないけれど
その眼の低い位置と
志の高さを同じくするようで……

なぜか嬉しく
ふと口元をゆるめたのだった

待っているから

墳丘の円(まど)かな脹らみのある
枯萱群の上つ方から
寒気を帯びた風がくだり
仙石原に雪が降ってきた
「飛ぶ雪の……」と短歌の上五が
咄嗟に口を銜(つ)いて
暗い玻璃の空に
白い布が大きくたなびいた

まるでそれは
細蟹(ささがに)の棚機(たなばた)つ女(め)が
手まねいているかのようだ

いつかの夏に
『島狂い』という詩集を出して
播磨の千種川の橋を渡って
ボラとりに行ったきり
戻ってこなかった女(ひと)
あれはわたしの幻の姉
また、いつかの冬に
理訓許段(りくこた)の潮の香のする
イナウに見たてた
みちのく大船渡の尾崎神社の椿を片手に

山姥さがしに出かけたまま
行方しれずの女
螢石のように戯れたりせず
鳥総立（とぶさだて）に似た
旗さしものを差しておくから
是非に
それを辿って帰ってきてほしい
氷頭なますや、からすみや、子持昆布を三方に
御酒も供えて待っているから

フィレンツェへ

海原に
陰影を落とし
平目になって渡ってみる
もちろん片肺さ
つまり行き当たりばったりってこと
イタリアはフィレンツェへ

亜細亜・やぽーにかのこころすがたで

トスカーナのドゥオーモに
サンタ・マリア・デル・フィオーレ大聖堂
ルネッサンスの町を歩く
どうも　どうも　って

フィレンツェへ
いかにも手元不如意の出立ちの
二人が
ふらっと　ひとひら
本郷弓町の啄木みたいに

ヴォンジョールノ！
祭りの折
髭籠（ひげこ）から

色和紙に捻り包まれた小銭が
こぼれ落ちてくるようにイタリア語が
こぼれてきた

ピエタ像に
秋の嗟嘆を思い
夜明け前
クウポラを望む
ヴェッキオ橋の橋のたもとの
安宿の窓に
息長（おきなが）のフローレンスの女唄を
耳にする
たしかにイタリアにしては珍しく
退嬰的な声が

あけぼのの薄明かりに立ちはするが
いずれしばらく時がたてば
天心は真っ青な
イタリアの空だ
そう、太陽は昼間かがやく星なのだ

またしてもイタリア語が
ヴォンジョールノ！って
こぼれてきた
ところで、忘れては駄目
「今日は糸瓜忌！」
ひとことぼそり
隣の女が呟いた

黙契

逢魔が時
聴こえたのは銃声ではない
ウラジオストック駅で
汽笛が一声
刺すように鳴ったのだ
オケアン号〇〇五
車輛番号〇四、席は〇〇四
ラーゲリに運ばれる

囚人番号ではない
平成のシベリア鉄道

夜の車窓
鈍色(にび)よりさらに濃い
黒橡色(つるばみ)の線が
紅葉しているだろう林に写る
時勢に棹さすよう
不気味な刻の棒杭が延々と続いて
木々の下びには
霜枯れ近い韮も蓬も薊や百合も
薺(なずな)もそれぞれの色を付けて
生きていたのだろう
露にしめった山毛欅(ぶな)や楓、楢や樺や山茱萸なども

傍に無言で立っていたのだろう
いまでも凍えるほど冷たい水が流れて
森中の井は
灰色のシベリアの亡霊の
あのうらみの空を
写しているに違いないのだ

黙す
森林の漆黒に向かって
首を肩に埋め
黙す
森林の漆黒に真向かって
卒然と契り
黙す

闇夜のシベリア鉄道に揺られながら
約束のように手を合わす
ただ手を合わす
朝になれば
ハバロフスクの
絵空事のように観覧車の回るのが見える
アムール河畔近くの宿に着く

あの遠い人たちが眠らずに
いや眠れずに
夜を徹してこの線路の上を
揺られていったことも忘れて

日本人墓地にて

秋黴雨(あきついり)のここシベリア
ハバロフスクに
抑留死没者慰霊碑と墨書された
塔が一本立つ
人っ子一人いないこの極東の地に
雨に濡れた黒犬が
また茶の犬が　ふらり歩いている
黒い錆びた鉄網に囲まれ

埴生の落ち葉の散り敷かれた日本人墓地
曇天の空のもと
冷たい降りものがこの風景に
何より似合っているのだ
赤蘇芳の菊花と
日本製の缶ビールを供え置いて
無言で祈る
傘とともに
うつむき
天空とともに
目つむる

囚人注意！　行進中は隊列を乱さざること！　列間をあけず、せばめず、五列縦隊を守り、私語せず、左右を見ず、

両手はうしろに組むこと！　左右一歩たりとも出たときは
逃亡とみなし、護送兵は直に発砲すべし！　嚮導（きょうどう）、前へ進
め！
（ソルジェニーツィン『イワン・デニーソヴィチの一日』染谷茂訳）

いつだったか
池袋西口地下の
椅子に坐った
在りし日の石原吉郎が
『イワン・デニーソヴィチの一日』の原書を片手に
シベリアのバムの地図を
指さしながらわたしに
波立つものを鎮めるようなおももちで
かすかに笑みを浮かべながら
「ここにいたんだよ」と言った

突然の死の報の後
信濃町教会の長老の
吉本隆明が「鬼才井上良雄」といったその人に
その晩いそぎ電話で訃報を伝えたのを思い出す

東上線の上福岡の石原さんが住んでいた
団地のベランダには
蒲団が干されたまま
それが十一月の秋雨に打たれて
幾日も幾日も
放置されていたのだ

オシップ・マンデリシュタームの詩集『石』を

出版編集していたわたしは
石原吉郎もマンデリシュタームの死に
無関係ではないのだろうと
ずっと考えてきた

そんな過ぎたある日のことなぞ
ここシベリアの日本人墓地を訪れる途次
バスに揺られながら
ひとり
歴史と体験について
思い返していたのだった

マンデルの幹

流刑地ヴォロネージュ
シベリアのラーゲリで
政治的な死を遂げた
ペテルブルグに長く住んでいた
アクメイストの
その詩人の名は
オシップ・E・マンデリシュターム
存在の記憶を

雪を蹴散らすように抹消され
長い間、居なかったことにされていた
その名はドイツ語で「マンデルの幹」
という意味らしい
マンデルとはアーモンドの謂い
旧約聖書のアロンの杖以来の
民族の象徴だ
ぼくの机の上にはいま
セブンイレブンで買ってきた
八十g入りのアーモンドの
豆の袋があって
よく見るとそれは
シベリア鉄道で運ばれた
ラーゲリの囚人たちの顔に

もう目も鼻も口も耳も無く
縦に幾筋か線が引かれ
『時のざわめき』のカバー絵の
詩人の肖像画そっくりだ

魂を求め
マナ！　と
突然、割れるような
一閃の叫び声が
聴こえてきた

雁信

桃栖屋（もものや）という屋号を持った
その屋敷から
関八州を轟きわたる春雷のような
青光りが
天に向かって逆一筋に

あれはたぶん
草莽のこころざしを

身にまとった
昔の亡き同志へ宛てた
魚雁

あの獣めいた
生臭い吐息こそが
江戸の阿蘭陀（オランダ）外科医木暮俊庵の
宇宙に向けて精魂を込めて
はなちやった
雁信なのだ

龍井地下牢

幾年か前
吉林省延吉からはじまって
中国の東北地方を
一週間ほど旅したことがある
かつては豆満江の中州を
間島(かんど)と呼んでいた

間島パルチザンの根拠地である

白頭（ペクト）の山塊から出で立ち
哈爾賓（ハルビン）の駅頭で伊藤博文を射殺した
あの安重根（アンジュンゴン）がひそんでいたところ
また北朝鮮の金日成が蹶起部隊を挙げたといわれるあたり

さらに図們江、防川（ボウセン）へ
中国、ロシア、北朝鮮の三国国境に立つと
霧にけぶる広大な旧満州の草原が北に拡がり
銃を肩に軍兵が睨んでいた

あの旅から帰って何年にもなるが
忘れられない景が一つだけある
心の奥底に
引っかかって取れない、棘のようなもの

龍井（ロンセイ）人民政府庁舎
つまり、旧間島領事館の地下にある
地下水牢だ

庁舎一階の廊下に、一箇所
厚い半透明のガラスがあって
そこから地下の水牢をのぞくことができる
それは囚われの者の頭や顔を
靴で踏みつける
そんな構図にもなっているのだ

戦争はこうしたものさえ作り出す
吐き気を催す
実に寒々とした代物だ

爾来、水牢のあの窓のことが脳裏から離れない
ふといま
空を見上げてみると
この夏行った福島相馬の川内村の
放射線量の高い葉を詰めた大きな青い袋に囲まれた
平伏沼に蕃殖(うまわ)る
モリアオガエルと
日本軍がとらえた囚人は
同じ身の上なのかもしれない

鏡のように澄んだ沼の木枝に上って
息が足りない、苦しいと
絶え絶えに喘いでいるのを
さらに土足で踏みつける

誰れ彼れ、言うのではない
耿々とした文明の
知らず知らずの
刻の中
わたしもまた一人の
加害者なのだ

かちがらす

晩秋の墨書きの絵のような
雨催いの朝
ここはかつて百済の国
最後の都で知られた扶余(ぷよ)の街
高木に一羽の鵲(かささぎ)が
黒くて長い尾を上下に揺らし
ひときわ甲高い鳴き声を喚げる
「鵲の橋と契りていつまでもわれとそなたは女夫星(めおとぼし)」

近松の『曽根崎心中』の「道行」の冒頭句にあるよう
対のなかを取り持ち祥瑞をもたらす
縁起のよい鳥らしい
かちがらすという名もあるようだ

百済の国は亡ぼされて
ゆかりのものは二つの石の建造物をのぞいて
何一つ残されていない
だから旅の人は
みずからの想像の力だけで
ときの都を思い描いてみるのだと
なかなか洒落たいいかただ
十数メートルはある石でできた五重塔と
これまた巨大な質朴の表情をした石仏

その二つが
百済の里で
白群（びゃくぐん）の風に吹かれている
定林寺址の遺構
そのだだっ広い地に
例の鵲が降りてきて
キュウキュウ、ガシャガシャと
鬱然たるわたしに声かけているように聞こえる
頭を垂れたわたしに
織女にあわせてあげようか
求訴してみよと
声掛けているように思えるのだ

月映

窓外は雨か
あるいは涙か
つくはえ、と
病者の光学のように
やまいだれの音を出す
ツ、ク、ハ、エ。
田中恭吉、恩地孝四郎、藤森静雄
三人のうちのなかの一人

恭吉にはもう命がわずかしかない
刻々と
かぎられた命数が
つきようとしている
イノチノカギリ
カンバスに
楮（こうぞ）の和紙の一枚一枚に
青い腕を振って
鼎のすがたで漆黒の夜の月を
持ち上げようとしている
足べを見れば
まるで跣のようだ
ずぶ濡れの徒歩の影でびっこを引いて
月映とは

まさに命の限りのことであった
のこるこころ、とか
しらがねのひかり、とか
めぐみのつゆ、とか
不吉で、冷たい語感をもった
言の葉を添えながら
刀を手に取って、そして刷る
寸暇を惜しんで
大量の版画作品を作る
「けふはメッサーの届く日なので
こころまちにまつてゐる」、と
「雑誌の名はつくはえにしませう
しづをもさう言つてゐたから」、と
微笑派の三人のうちの一人

「月映」のいちにん恭吉、そのように自署して
麴町元園町二の五　恩地孝四郎様と宛名された葉書が二通
市内池袋から投函された
一九一四年（大正三年）三月二十二、三日
まだ春浅き日のことである

さびしおり——石田比呂志に

曲芸団(サーカス)のぶらんこ乗りの姐(ねえ)ちゃんと
駆け落ちしたいような日の暮れ
そんな翫味(がんみ)あふれる
単孤無頼で洒落た寂栞(さびしおり)の挿しはさまった歌をかいたひとは
机上に宛名書きをした一束の『閑人囈語(げいご)』の原稿包みを残して
ふいっと幽(かく)れた
まるでかくれんぼをするように

仲秋の破(や)れ芭蕉を
月下に眺めているからではないが
ひとが居なくなるというのは
つらいものだ
さ、び、し、お、り
つねの俘囚ではないのだから
錆びた格子をつきやぶり
その先の媚茶(こびちゃ)いろの暖簾を
いつもの仕草でひょいっと潜って
はにかんだあの解顔(かいがん)を
いま一度見せに来てくれないか
そこで乾坤一擲
草臥(くたび)れた日本の
暗い水皺のような詩歌の世のありさまを

ど突いてやってほしいのだ

声七変化

瞳は濡れていたのか
それとも光っていたか
はたして記憶はいずれが真実なのか
新月の夜に水盗りに出掛け
怒号を浴びた
そのことだけは
確かな記憶

いまでは思い出は
ほとんどエロースの
夢中の床と変化（へんげ）して
あしひきの裾野を持った赤城山の
勢多の泊（とまり）、八崎舟戸の川瀬に
甘酸っぱい色艶で
ひたすら河鹿が鳴いていた

桃廼屋という屋号をもったその家の
屋敷神と呼ばれていた
青大将には
ヨハンネス・クリマクスという
綽名を付けて
蛻（もぬ）けたうす衣が

舎蔵の沈黙を
量っているかのようだ

さらにもう一場面
緩やかな流れをした
碓氷川のひかり輝く方向(かたえ)に
目陰(まかげ)して
薄桃色の石斛の香に
おもわず彗星の声を喚げた

荒草の
強い匂いのする
側道(そばみち)、宮田自転車をひたすらに漕ぐ
もう、夕闇近く

稲妻に間をすこし置き
五位の声が聞こえてきた

こんなこともあった
医者をやってた下の家から
カンフルを一本もらい、打ち
さらには人工呼吸もした
音無しの屋敷
その祖母の死に
七十年ぶりに
間に合わず、すこし遅れていっせいに咲いた竹の花
神様みたいに、とは
言われなかったけれど

よき子だと
前置きの言葉なしに
ただ褒められた
梅の木に登って青梅を捥ぐ
その身の軽は掛(かか)り人(うど)

誕生

天使の気配かなと思って
表六、火男（ひょっとこ）、不意（ひょい）と見る
ひょいっと遅れて
横に見る
須臾に群れからはぐれた鳥を
空に見る
星合いの余白から
虹のような橋をわたり

ひとすじ夢を描いてみる
そんな手品のような仕草をすれば
かわいい赤ん坊が
これこれ、これの世に
草上の舟をこぎ
すうっと生まれてくるという
行間に襟を立て
しじまのなかから
とばりをあけて
おぎゃあとひとこえ
うぶ声が
廊下の向う側から
威勢よく聞こえてくるという
天使の息をつれて

これからは

五月の雨催いの
静寂な空だ
めずらしくきのうはおまえが居た
充実した一日が
琥珀色の人語のささやきに似て
瞬く間に過ぎた
いまはおなじ館の部屋ぬちの
隅の梁のどこかから

ちちっとちいさな音が短く鳴るのも
窓下の暗澹とした
家畜の匂いのする葉擦れさえも
耳にできるほどの静けさだ
折れそうな記憶のそよぎ
それがわが胸うちの慰め
そうだこれからは
こうして丁寧に
おまえを想いながら
夢の渚を
さするよう
波打つ姿のように
ひと日ひと日を
丁寧に生きねばならぬ

余談

余談だが　今年二〇一四年　午年のはじめに　古書店にネットで注文して　古書を三点ほど購入した　『鷗外全集』全三十八巻『木下杢太郎全集』全二十五巻　いずれも岩波書店版　それに第一書房の『木下杢太郎詩集』の合わせて六十四冊だ

新宿歌舞伎町にある馴染みの居酒屋「三日月」で　元岩波書店の編集者で漱石研究家の

秋山豊さんとうちの女房と三人で酒を酌みかわしていた際の会話　鷗外のほうが〆て九千円で杢太郎全集が一万数千円で杢太郎詩集がたった一冊で二万七千円だった、と

蘇芳色の背革コーネル装　表紙のほうは朱と緑青の滝縞の布装　天金函入り　A五判の六五六頁　一二〇〇部限定　昭和五年、木下杢太郎の思いのままに出した豪華本の全詩集だ　見返しには結城哀草果の直筆で「八幡平二首」が書かれてある

その詩集には八葉の別丁挿画が　そのうちの一枚に「HANA　WO　HORU　HITO」と欧文で彫られた版画　その絵のモチーフが那辺にあるかわからない　そう隣の秋

山さんに問いかけると　秋山さんは地球儀を回すようゆっくりと斜めに首を捻って　ややあって返事があった

鷗外の短編小説に「大発見」というのがあって　その中心テーマが「鼻糞をほじる人の話」だというのだ　今は亡き田村隆一ではないが「秋山君のヒント」なのである

鷗外は言う「果せるかな欧羅巴人は鼻糞をばほじらないのである」「一体鼻糞をほじるといふことは、我党の士の平気で遣る事ではあるが、余り好い風習ではないやうだ。併し欧羅巴人がしないから、我々もしてはならないと云はれると、例の負けじ魂がむくむくと頭を持ち上げ来」るというのだ

ヨーロッパ人は鼻が痒くなっても、ハンカチでかんだり、こすったりで済ます「ほじらないまでも揉み潰すのである。揉み潰すなんぞは姑息の手段である。ほじるのラヂカルなるに如かない」と　西欧人と東洋人の風習のちがい　いや人種の差別がモチーフの底に潜んでいるのだ

杢太郎は、言えば鷗外の弟子だから　たぶん明治四十二年六月発行の「心の花」を読んだに違いない　同年五月一日の鷗外日記には「半夜大発見を草し畢る」「大発見を佐佐木信綱に送り遣る」とある

鷗外は三年のヨーロッパ滞在中に一度も西洋人の鼻糞をほじるのを目撃しなかったそう

だ　のちに文献を渉猟し　正史にはもちろんホメロスやダンテ　シェイクスピアにもラシーヌにもシラーにもイプセンにもメーテルリンクにもないと気落ちし絶望していたのだ

だが漸くにグスターフ・ヴィードの「手紙の往復」と題した短編にであったのである　ヨーロッパ人も「鼻糞をほじりますよ」

コロンブスが望遠鏡に青螺を認めたときキュリー夫婦が桶に鉱屑（かなくず）を製錬してラジウムを得た時と比較して鷗外はこれを大発見と言ったのだ　この大発見に杢太郎も喝采した

勢いビュランで版画を彫ったのだ　日本人だけれども、と言いさして「なめるんじゃない」とつぎには言いたかったのだ　あくまで

余談だが

官能——大手拓次

そろり、しろがねの
楮揉紙を貼った表紙の
帙入りの書物をひらくと
炎に燃えた見返しが
火打石の火の粉を連れて
飛び込んでくる

続けて、そろり

裾のぞきに貫差し入れるように
数枚の和紙を捲ると
一葉の線画が音無しにあらわれ
そこには
蛇の階段　1920・5・16　と
細いペン筆が記されていて
あや、不思議な絵だ

これは何をイメージしているのだろう
亜麻仁色をした
生臭い女のいまわの吐息か
それとも秘された有り処の器のすがたか
それを尋めくる、みちゆきか
いずれ色あるおもてを盗み

思いを写したものだろう
もやし豆のような形態が
大、中、小三つ描かれ
茎根の筋が見せているのは
画布の央の破目
そこに歓喜の蛇が居て
長く大きな舌を出している
得体のしれぬ
幻の素描なのだ

神楽坂に住んでいた
耳の聴こえない
この憂鬱の詩人は

もやもやしたあたまの中の幻を
ふいにペンであらわしてみたくなったのだ
ここからひと条
匂い立ってくるものがある
沈香や伽羅
あるいは安息香や斑鳩香
さに非ず、いやいやそうでない
魂のふるえ
たった一つの孤独な詩人の
官能であり
内面なのだ

寒蛍

森の奥底に息づく
ふしぎな生きもの
何か物言いたげに
羊歯の葉蔭にひそむ妖精に似た
狐色をした容量のかるい口髭の揺らぎこそ
たしかにあの世からの
使者なのだ

寒蛩（かんきょう）に身を変えて
臼杵あたりをうろつくと
出会いをながい歳月庶幾していた
首の落ちた
古園石仏中尊の
大日如来像にまみえる
あの朱赤の唇あたりを
独り斜に眺めていたのだ

風が吹いてきたので
祈り呟く風情で
すだきの音調をやや緩やかにして

リュウロロロ、リュウロリロ

扉のきしむ音か
この世の苦難の歯ぎしりか
呂律をつづけると
不思議なことに
しだい次第にその音量は
反響に反響を重ね
まるで宙全体が鐘で覆われ
割れんばかりの轟音に変化するのだ

ほんとうはあの世への扉
ぬけがらの蛩声

小品二題

うわさ話

庭先のしどけない
破れ芭蕉を見ていると
昨晩のうわさ話を想いだした
ラクダコブニの筆名を持つあの詩人は
いまもかめ覗きの山嶺で
きのこや虹を売っているそうだ

あやかし

とつぜんに朝和ぎの海上に妖怪があらわれ
舟子(かこ)はひとこえ、声を喚げる
あやかし!
すばやく楫を翼鏡に代えて
さ、急(せ)くべし、と
われらが鳥船をかの宙空へ

あやなしどりの音を、疾く早く

腕をふり
サニーレタスの翠（みどり）を羽根に
ヘーゲル風に
ここがローズだ
さあ踊れ、と
白銀（しろがね）のボールの中に
血球のトマトを投げ入れ
老人性黄斑症だから

卵をさきがけては駄目です
チチが一番
尖石（とがりいし）のヴィーナス
とんがっている乳首
とつぜん麓から山羊や牛があらわれ
持っている精のかぎり
しぼれるだけしぼって、と
維新以来の
反封建制的な
旧制度（アンシャンレジーム）の
家父長制がいぜんとつづく
ここはどこだか
あなたにも覚えがありますか
記憶の底に

おもえば塵のつもったはるかな昔
五色の旗さしものを
節目節目に立てていた
わが生家
いくさに敗れた翌年に
おぎゃあ、と
産声喚げて七〇年
北一輝ではないけれど
大改造ののち変貌した大屋敷
朝の卓袱台（ちゃぶだい）を拡げた折のこと
もゆらの寂けさを
つきやぶるごとくに
ひんがしの竹藪あたりから
あやなし鳥が

魂むかえ鳥といわれたあのほととぎすが
ひと声喚いた
時こそ今か
ニコライ・ネフスキーばりに
採譜してください
サイフ、サイフ！
あやなし鳥の
音を
疾く早く

碓氷へ

碓氷（うすい）へ、などというと
なにかその行く先には
氷室のようなものがあるのではないか
そう勘違いする人も
居るかもしれない
そうではなく
単にわたしにとっては
懐かしい故郷の地名に過ぎないのだ

社や墓があるし
数百坪の土地や生家もまだある
唐破風(からはふ)の下の三和土に立てば
脇には鎧戸が
古色蒼然とした風情で
黙していて
寂まりかえっている
その母屋あたりは
百年の時が止まったままで
平俗のわが心根をあたかも
睥睨しているかのようだ
家全体から
大丈夫なのかと
声かけられているかのようで

返す言葉がない
これからですと無言で答えても
浅間から下りてくる東風で
答えの音は
かき消され
樫垣(かしぐね)の虎落笛(もがりぶえ)だけが聞こえてくる
そろり玄関わきのくぐり戸を入ると
お帰りなさい、と
女が出迎えてくれた
ところできみはいったい
何者なのだ

既往症

田舎の家に
チョウゴバという
濡れた音のする板の間がある
正しくは薬を調合する部屋の名
その部屋の桐の箪笥の一竿から
一枚の和紙が出てきた
「既往症」と書かれてある
十五の箇条書の筆文字だ

書いたのは私の曽祖父
患者は高祖父、木暮賢斎。天保六年十月十日生、職業は医師
その年、賢斎の父雅樹は江戸の尚歯会に入り、渡辺崋山、小関三英、高野長英らとまみえる
天保十一年、天然痘ニ罹ル
この年、蛮社の獄の弾圧激化。治療は父雅樹があたったようだ
安政四年、五月ヨリ八月マデ間歇熱ヲ患フ
この年、ボードレール『悪の華』を上梓。高野長英『三兵答古知機』を訳す
安政五年、八月十一日虎列刺（コロリ）ニ罹ル
コレラ全国に流行のため幕府八月二十三日、コレラの治療・予防法を頒布
万延元年、ハイモルトウ（上顎洞）炎症ニ罹リ化膿セリ
三月三日、桜田門外の変
文久三年、舌疸ヲ患フ
その年、リンカンが南部反乱諸州の奴隷解放を宣言

不知火光右衛門が横綱を免許
元治元年、熱性病ニ罹ル
鳥羽・伏見の戦い。この年この既往症の筆のあるじ、良之介が生まれる
慶応二年、胃腸加答児(カタル)ヲ患フ
薩長同盟提携を密約。父病床に臥す。里見村に洋法内科医術及種痘療術開業、慶応の世直し打ち毀し相次ぐ
明治五年、多量ノ胃血ヲ吐ス
この年、庄屋・名主・年寄などの称を廃し、戸長を置く、すなわち木暮家は戸長
明治八年、落馬ス腰髄右部ヲ打撲シ大兎筋ヲ損傷セリ
東京日日新聞退社の岸田吟香、楽善堂を開店、眼薬を売り出す
明治十八年、腰筋痩麻痺ニ罹ル
荻野吟子医術開業試験に合格、最初の女医となる。良之介も同じ時期、東亜医学校をへて、東京大学医学部を卒業後、医師となる。二人は知友
伝染病流行、赤痢患者四万七一八三人内死亡一万六二七人、腸チフス患者二万七九三四人

内死亡六四八三人、コレラ患者一万三七七二人内死亡九三一〇人
明治二十一年、左指ヲ銃傷スル二指
この年、幸徳秋水が中江兆民の家に学僕として住み込む
明治二十六年、六月十五日、卒然小腸加答児ヲ患フ
五月、北村透谷、「内部生命論」文学界に発表
明治二十七年、七月中旬ヨリ下腹ノ重キヲ感ス
この年透谷、五月十六日、芝公園の自宅で縊死を遂げる
八月一日、日清戦争、清国に宣戦布告

今回ノ発病明治二十七年八月五日便秘ヲ覚ユ六日七日健胃下剤ヲ撰ス
九日頃下腹部ヲ硬詰ヲ呈シ疼通ス掌圧スレバ痛甚猶下剤ヲ腸ス九日同所更々効ナシ爾後
日々浣腸スルモ二十日巳更ニ便通ナシ二十日微少ノ黒色便ヲ見ルノミ尚日々浣腸スルコト
二週間ナルモ一行ノ快利ヲ得ス
八月二十四日ヨリ硬疼痛消散ス

以上病患のほか平素強壮なり

やれやれ、それにしても
ささなみの刻の瀬音を聞きながら
随分と重い病気の連続だなとつくづく思う
よく六十幾つまで
生き永らえたものだと思う
幕末・明治にわたる
こころに沁みる
じつに濃密な時代だとも
木枯らしよりもさびしい音が哭き喚ぶ
過激な歴史だとも

また思う
そして、このずっとのちに
この俺が居るのだと

旋回

碓氷の里の
バス停留所から
家に向かって少し下り歩く
仰角三十度
ややあって
皓白にかがやく初浅間を
見上げると
その上面に一羽の鷹が不意にあらわれ

あたりをゆっくり旋回しはじめる
雲ひとつない新年の大空に
きびしく雨覆羽根の下の灰色の風切羽が
雄々しく真白斑が
孤塁を守るとは、と
この俗界を蹌踉と歩く
じぶんに聞かせ、おしえるように
無言で
幾たびか回って
ひとすじ東の方に消えていった
慷慨の性向を
ひとたち窘(たしな)めるように

後記

本集は、二〇一三年十二月から二〇一六年五月までの作品から編んだ、前集『航るすがたの研究』につぐ第十二詩集になる。

昨秋、郷里高崎の在にある家を大改装した。ほとんど廃屋になりかけていた築一二〇年になる母の実家であり、わたしの生家である。詩集題は、その故郷の古名からとった。

この冬に、蔵から取り出してきたやや小ぶりの掛軸を一本、床の間に掛けた。「明窓浄几筆硯精」と読める。明るく清らかな書斎で筆跡のすぐれた詩や文をつくれ、という意だ。精進せよと励まされているように思え、またそのように生きている。

最後になったが、お忙しいなかを快く拙詩集の栞文をお書き下さった小池光さん、佐々木幹郎さんに厚くお礼を申し上げます。また、これま

でに出会った数々の友人、知人、親しき人々、とりわけ本詩集制作編集の髙橋典子さん、装幀の倉本修さんに感謝申し上げます。

二〇一六年三月一日

田村雅之

初出一覧

鼎の石——吉本隆明	「ＥＲＡ」第三次第四号、二〇一五年四月
待っているから	「ＥＲＡ」第三次第二号、二〇一四年四月、原題「螢石の戯れ」
フィレンツェへ	「合歓」第七十二号、二〇一六年四月
黙契	「歴程」第五九七号、二〇一六年四月
日本人墓地にて	「花」第六十五号、二〇一六年一月
マンデルの幹	「馬車」第五十四号、二〇一六年六月
雁信	書下ろし
龍井地下牢	「花」第六十二号、二〇一五年一月
かちがらす	「歴程」第五九四号、二〇一五年六月
月映	「花」第六十六号、二〇一六年五月
さびしおり——石田比呂志に	「歴程」第五九一号、二〇一四年十二月
声七変化	「花」第六十三号、二〇一五年五月
誕生	「ＥＲＡ」第三次第三号、二〇一四年十月
これからは	「花」第六十一号、二〇一四年九月

余談	「花」第六十号、二〇一四年五月
官能——大手拓次	「花」第六十四号、二〇一五年九月
寒蛩	書下ろし
小品二題	
うわさ話	「歴程」第五八六号、二〇一三年十月
あやかし	「歴程」第五九一号、二〇一四年十二月
あやなしどりの音を、疾く早く	「ＥＲＡ」第三次第五号、二〇一五年十月
碓氷へ	書下ろし
既往症	「ＥＲＡ」第三次第六号、二〇一六年四月
旋回	書下ろし

詩集　碓　氷　うすい

二〇一六年六月一一日初版発行

著　者　田村雅之

神奈川県相模原市南区上鶴間一―二六―九（〒二五二―〇三〇二）

発行者　髙橋典子

発行所　砂子屋書房

東京都千代田区内神田三―四―七（〒一〇一―〇〇四七）

電話〇三―三二五六―四七〇八　振替〇〇一三〇―二―九七六三一

URL http://www.sunagoya.com

組　版　はあどわあく

印　刷　長野印刷商工株式会社

製　本　渋谷文泉閣